Le Mystère de la Chambre Jaune

FichesdeLecture.com

LE MYSTÈRE DE LA CHAMBRE JAUNE (FICHE DE LECTURE)   4

I. INTRODUCTION

L'auteur

L'œuvre

II. RÉSUMÉ

III. ÉTUDE DES PERSONNAGES

Rouletabille

M. Stangerson

Mathilde Stangerson

IV. AXES DE LECTURE

Un roman policier

Des éléments tragiques

L'enquête de Rouletabille

DANS LA MÊME COLLECTION EN NUMÉRIQUE   11

À PROPOS DE LA COLLECTION   15

Le Mystère de la Chambre Jaune (Fiche de lecture)

I. INTRODUCTION

L'auteur

Gaston Louis Alfred Leroux est né en 1868 et mort en 1927, il est connu pour ses romans policiers empreints de fantastique. Après avoir obtenu le baccalauréat de lettres au lycée de Caen, il s'inscrit à la faculté de droit à Paris. Il devient avocat en 1890 et exerce cette profession jusqu'en 1893.

Les œuvres de Gaston Leroux ont fait l'objet de nombreuses adaptations au cinéma, à la radio et à la télévision. Il a été par ailleurs un adversaire résolu de la peine de mort, contre laquelle il a milité notamment à travers sa pièce « La Maison des juges ».

L'œuvre

« Le Mystère de la chambre jaune » est un roman policier publié la première fois dans le supplément littéraire de l'Illustration à partir du 7 septembre au 30 novembre 1907 et en volume en 1908.

C'est l'un des modèles des romans de type « énigme en chambre close ». Il connaît un véritable succès. Le roman contient également des éléments surréalistes et poétiques, qui ont notamment fait l'admiration de Jean Cocteau qui en a signé la préface.

L'auteur donne une suite à ce récit avec « Le Parfum de la dame en noir » qui reprend les mêmes personnages. Il a été adapté plusieurs fois au cinéma.

II. RÉSUMÉ

Nous sommes en octobre 1892 au château du Glandier où on a tenté d'assassiner Mathilde, la fille de l'illustre professeur Stangerson. Rouletabille et Sinclair sont envoyés sur place pour faire un rapport. Le professeur Stangerson travaille depuis quinze avec sa fille, qui a toujours refusé de se marier. Cependant la jeune femme a fini par accepter la demande en mariage de Robert Darzac qui lui fait la cour depuis quinze ans. Mais peu de temps après qu'elle ait annoncé sa décision, on tente de l'assassiner.

La chambre jaune où s'est produit le crime était fermée à clé de l'intérieur : mais comment l'assassin s'est-il enfui ? D'emblée, Rouletabille enquête avec le plus célèbre policier au monde, Larsan. Ils arrivent à la même conclusion, la marque de main ensanglantée sur le mur de la chambre jaune est celle de l'assassin blessé par Mathilde lors du crime.

Au fil de l'enquête, Rouletabille découvre que le meurtre n'était pas le seul motif de l'assassin : les travaux scientifiques de M.Stangerson ont disparu. Ils interrogent la jeune femme et Darzac qui ne disent rien, Rouletabille a l'impression qu'ils leur cachent quelque chose. Larsan s'acharne sur Darzac, qui constitue le coupable idéal, mais Rouletabille n'est pas de son avis. Il remarque que Larsan travaille avec une canne alors qu'il ne semble pas en avoir besoin et qu'il a parfois un comportement étrange.

Un deuxième incident survient et Darzac annonce à Rouletabille qu'il doit partir au plus vite, il lui demande de protéger Mathilde. Rouletabille accepte et a un plan car Darzac lui a dit que l'assassin reviendrait ce soir. Il met alors le père Jacques, Sinclair, M. Stangerson et lui-même à toutes les issues possibles, pour être sûr de coincer le meurtrier.

L'assassin arrive et est pris en flagrant délit, mais il réussit à s'enfuir de la chambre de Mathilde suivie de Rouletabille et M. Stangerson. Mais il disparaît mystérieusement et ils tombent sur le père Jacques et Larsan. Ce dernier continue d'accuser Darzac, tandis que Rouletabille tente de trouver des preuves qui l'acquitteraient.

Larsan arrête Darzac et Rouletabille part en Amérique, en quête de preuves. Deux mois passent et arrive le jour du procès. Quand Rouletabille arrive, il affirme connaître le nom de l'assassin, mais ne veut pas le dévoiler avant une certaine heure. Il explique son enquête et ses découvertes. À six heures et demie, il dévoile le nom de l'assassin qui n'est autre que Larsan. Celui-ci est en réalité Ballmeyer, un des plus grands escrocs au monde, recherché par toutes les polices au monde.

Il est aussi Jean Roussel, le premier mari de Mathilde. Lorsqu'elle vivait aux États-Unis avec son père, ils étaient tombés amoureux l'un de l'autre, mais le père s'était opposé au mariage et avait envoyé sa fille dans l'Ohio. Ils se sont mariés en secret. Mais un matin, la police est venue arrêter Jean et apprit à Mathilde qu'il n'était autre que le bandit Ballmeyer. Peu de temps après, Mathilde met au monde un garçon chez sa tante et l'abandonne. Elle revient auprès de son père à qui elle cacha la vérité.

Lorsqu'elle apprit la mort de Ballmeyer, elle pensa pouvoir se remarier, mais Ballmeyer était encore vivant. Il la revit et lui interdit de se remarier car il l'aimait encore. La jeune femme raconta tout à Robert Darzac. Jean Roussel-Ballmeyer-Frédérique Larsan lui donna rendez-vous et de là résulta la tentative d'assassinat de la chambre jaune.

Ballmeyer, qui était en possession des travaux de monsieur Stangerson, lui dit qu'il les brûlerait si elle épousait Darzac. C'est pour toutes ces raisons que Darzac et Mathilde ne pouvaient rien dire à la police.

Puis Rouletabille explique le mystère de la chambre jaune. En réalité lorsqu'on a entendu les cris de Mathilde elle faisait un cauchemar dans lequel l'assassin l'attaquait puisqu'elle a été agressée en début de soirée et qu'elle avait caché ses blessures. Lorsqu'on appelle Larsan pour qu'il se défende, il est déjà parti.

III. ÉTUDE DES PERSONNAGES

Rouletabille

C'est un reporter « débrouillard » du journal « l'Époque », perspicace, drôle, avec un esprit de déduction formidable et raisonnant par : « le bon bout de la raison, ce bon bout que l'on reconnaît à ce que rien ne peut le faire craquer ».

Il ressemblant énormément à Tintin, il a 18 ans. Il est autoritaire et implacable dans sa recherche de la vérité : « Sa tête est ronde comme un boulet », c'est pour cela qu'il est surnommé Rouletabille, son vrai nom est Joseph Josephin, il est souvent « rouge comme une tomate » et il est tantôt « gai comme un poisson », et « tantôt sérieux comme un pape ». De petite taille et d'une bonne humeur constante, il s'attire facilement la sympathie des gens.

Le personnage de Joseph Rouletabille, jeune apprenti reporter à l'intelligence déductive hors du commun, apparaît pour la première fois dans le « Mystère de la chambre jaune » puis devient le héros d'autres romans tels que « Le Parfum de la dame en noir », « Rouletabille chez le tsar » et « Le Crime de Rouletabille ».

Son talent de détective amateur lui permet de faire les meilleurs reportages. Il est toujours accompagné de son ami Sainclair, photographe qui est le narrateur de ses aventures. Il est en réalité le fils de Mathilde Stangerson et de Jean Ballmeyer.

M. Stangerson

C'est un chercheur qui a d'abord travaillé sur la radiographie notamment aux États-Unis et s'est ensuite intéressé à la dissociation de la matière. Sa fille l'aide beaucoup, ils travaillent ensemble. Il s'est opposé à son mariage avec un certain Jean Roussel lorsqu'elle était jeune.

Mathilde Stangerson

Lorsque Mathilde vivait en Amérique, elle s'est mariée en cachette de son père avec Jean Roussel et a eu un garçon, qui est né chez sa tante et qu'elle a abandonné. Elle a aujourd'hui 35 ans et on a tenté de l'assassiner.

Dès le début, Rouletabille est sûr qu'elle sait quelque chose, mais elle refuse de parler. En réalité l'homme qu'elle a épousé il y a des années est Ballmeyer, un des plus grands escrocs au monde, recherché par toutes les polices au monde.

Elle a fui et est retournée auprès de son père à qui elle n'a rien raconté. C'est pour cela qu'elle a toujours refusé de se marier. Cependant la jeune femme finit par accepter la demande en mariage de Robert Darzac qui lui fait la cour depuis quinze ans. En effet elle croyait que Ballmeyer était mort. Mais il revient sous l'identité de Larsan, le célèbre policier et menace de brûler les travaux de son père si elle se marie. Il l'aime toujours. Elle se confie à Darzac qui subit également le chantage de l'escroc.

IV. AXES DE LECTURE

Un roman policier

Le roman policier est un genre dans lequel la trame est constituée sur l'attention d'un fait ou d'une intrigue, et une recherche méthodique faite de preuves, le plus souvent par une enquête policière ou menée par un détective privé, ici il s'agit du jeune reporter Rouletabille.

L'élément thématique prédominant du roman policier est l'élucidation d'un crime dans un milieu urbain, ici c'est un endroit clos, la chambre jaune puis le château du Glandier. Le roman policier prend sa source dans le quotidien de la société actuelle et s'inspire d'injustice et de violence. Au cours du dénouement, il tente de rétablir l'ordre social, la réparation de la faute et la vérité.

Le roman policier pose toujours les mêmes questions – qui, quoi, où, quand, pourquoi, comment – cependant il n'y a pas de structure de récit spécifique. L'histoire est racontée à travers des phrases simples, courtes, se rapprochant du langage parlé.

Le genre policier comporte six invariants : le crime ou délit, le mobile, le coupable, la victime, le mode opératoire et l'enquête. Le roman policier recouvre beaucoup de types de romans, notamment le roman noir, le roman de suspense, et le thriller. Il s'agit ici d'un roman de type « énigme en chambre close ». Le « mystère de la chambre jaune » est l'un des premiers de ce genre.

L'intrigue tourne autour d'un meurtre commis dans une pièce hermétiquement fermée, d'où l'assassin n'a pu en théorie s'échapper après le crime. La chambre de Mathilde était fermée et il n'y a aucune cheminée. L'idée de base est celle du « meurtre impossible ».

Au début, Rouletabille et Larsan pensent que la marque de main ensanglantée sur le mur de la chambre jaune est celle de l'assassin blessé par Mathilde lors du crime. En réalité c'est Mathilde qui a été blessée plus tôt dans la soirée et qui n'a rien dit. Les cris qu'elle a poussés sont ceux issus du cauchemar qu'elle faisait en revivant son agression.

Depuis le début, Larsan alias Ballmeyer manipule tout le monde et contraint Mathilde et Darzac au silence en les menaçant de bruler les recherches du père de la jeune femme. Rouletabille grâce à sa perspicacité

le perce à jour et l'avertit qu'il connaît la vérité. Ballmeyer s'enfuit et
Rouletabille ne le retient pas car son emploi consiste à trouver la vérité et
non à arrêter les assassins.

Des éléments tragiques

Au cours du récit, il y a plusieurs éléments tragiques, depuis qu'elle est
tombée amoureuse de Ballmeyer et s'est mariée avec, Mathilde vit en enfer.
Honteuse de s'être éprise de Ballmeyer, elle met au monde leur garçon et
l'abandonne puis revient auprès de son père auquel elle ne dit rien.

Depuis cette « erreur », elle refuse de se marier et se consacre à
aider son père dans ses recherches. Quoiqu'elle fasse, elle semble pieds
et poings liés à Ballmeyer. Elle sait qu'il la surveille et vit dans l'angoisse
qu'il la retrouve.

Son destin est tragique dans la mesure où elle ne peut rien faire,
Ballmeyer lui interdit de se remarier car il l'aime toujours. Elle ne peut
vivre comme elle l'entend, Ballmeyer est maître de son destin. Elle est très
malheureuse et ne peut se confier à la police.

Les histoires d'amour de Mathilde finissent toujours mal. Son personnage est également tragique dans la mesure où elle préfère mourir que
d'avouer son passé à son père. Darzac qui lui fait la cour depuis quinze
suit les ordres de Larsan, comme s'éloigner d'elle te renoncer à l'épouser.
Lui aussi serait prêt à mourir pour elle.

Mathilde ne se remettra jamais de ce que Larsan lui aura fait subir et elle
ne pourra jamais aimer un autre homme ou se marier, à cause de Ballmeyer.

L'enquête de Rouletabille

C'est un reporter « débrouillard » du journal « l'Époque », perspicace,
drôle, avec un esprit de déduction formidable et raisonnant par : « le bon
bout de la raison, ce bon bout que l'on reconnaît à ce que rien ne peut le
faire craquer ».

Dès qu'il interroge Mathilde et Darzac, il trouve le silence suspect,
il est certain qu'ils savent quelque chose, mais qu'ils ne peuvent pas parler.
Alors que tout accuse Dazac et Larsan est sûr de sa culpabilité, le jeune
reporter a remarqué que Larsan travaillait avec une canne, alors qu'il est
en parfaite santé.

Puis il constate plusieurs autres incohérences notamment lorsque Larsan lors du dîner le soir où M. Stangerson et les gardes de chambre furent empoisonnés par Mathilde. Rouletabille se doute que Mathilde et Darzac connaissent le nom de l'assassin, mais qu'ils préfèrent mourir plutôt que de l'avouer.

Enfin, alors qu'il a monté un plan pour coincer l'assassin car Darzac l'avait prévenu de sa visite le soir, le suspect s'échappe encore une fois et on retrouve un garde du château mort d'un coup de couteau issu de la même arme qui avait blessé Mathilde auparavant.

Cependant personne ne comprit comment il avait pu s'enfuir dans cette cour où il y avait quatre personnes. Larsan put enfin arrêter Darzac mais Rouletabille part en voyage en Amérique, pour chercher des preuves. Là- bas il découvre le mariage de Mathilde et Ballmeyer et les plusieurs identités de ce dernier.

Lors du procès, il impressionne tout le monde par sa perspicacité. Il avoua aussi que lorsque Larsan s'était évanoui, il s'était accroupi et avait regardé sa main. En enlevant sa canne, il découvrit dans la paume une cicatrice de balle de revolver.

Dans la même collection en numérique

Les Misérables
Le messager d'Athènes
Candide
L'Etranger
Rhinocéros
Antigone
Le père Goriot
La Peste
Balzac et la petite tailleuse chinoise
Le Roi Arthur
L'Avare
Pierre et Jean
L'Homme qui a séduit le soleil
Alcools
L'Affaire Caïus
La gloire de mon père
L'Ordinatueur
Le médecin malgré lui
La rivière à l'envers - Tomek
Le Journal d'Anne Frank
Le monde perdu
Le royaume de Kensuké
Un Sac De Billes
Baby-sitter blues
Le fantôme de maître Guillemin
Trois contes
Kamo, l'agence Babel
Le Garçon en pyjama rayé
Les Contemplations

Escadrille 80

Inconnu à cette adresse

La controverse de Valladolid

Les Vilains petits canards

Une partie de campagne

Cahier d'un retour au pays natal

Dora Bruder

L'Enfant et la rivière

Moderato Cantabile

Alice au pays des merveilles

Le faucon déniché

Une vie

Chronique des Indiens Guayaki

Je voudrais que quelqu'un m'attende quelque part

La nuit de Valognes

Œdipe

Disparition Programmée

Education européenne

L'auberge rouge

L'Illiade

Le voyage de Monsieur Perrichon

Lucrèce Borgia

Paul et Virginie

Ursule Mirouët

Discours sur les fondements de l'inégalité

L'adversaire

La petite Fadette

La prochaine fois

Le blé en herbe

Le Mystère de la Chambre Jaune

Les Hauts des Hurlevent

Les perses

Mondo et autres histoires

Vingt mille lieues sous les mers

99 francs

Arria Marcella

Chante Luna

Emile, ou de l'éducation
Histoires extraordinaires
L'homme invisible
La bibliothécaire
La cicatrice
La croix des pauvres
La fille du capitaine
Le Crime de l'Orient-Express
Le Faucon malté
Le hussard sur le toit
Le Livre dont vous êtes la victime
Les cinq écus de Bretagne
No pasarán, le jeu
Quand j'avais cinq ans je m'ai tué
Si tu veux être mon amie
Tristan et Iseult
Une bouteille dans la mer de Gaza
Cent ans de solitude
Contes à l'envers
Contes et nouvelles en vers
Dalva
Jean de Florette
L'homme qui voulait être heureux
L'île mystérieuse
La Dame aux camélias
La petite sirène
La planète des singes
La Religieuse

À propos de la collection

La série FichesdeLecture.com offre des contenus éducatifs aux étudiants et aux professeurs tels que : des résumés, des analyses littéraires, des questionnaires et des commentaires sur la littérature moderne et classique. Nos documents sont prévus comme des compléments à la lecture des oeuvres originales et aide les étudiants à comprendre la littérature.

Fondé en 2001, notre site FichesdeLectures.com s'est développé très rapidement et propose désormais plus de 2500 documents directement téléchargeables en ligne, devenant ainsi le premier site d'analyses littéraires en ligne de langue française.

FichesdeLecture est partenaire du Ministère de l'Education du Luxembourg depuis 2009.

Plus d'informations sur www.fichesdelecture.com

ISBN: 978-2-511-02989-3

Notes :